Was ich dir noch erzählen wollte

AF201025

Das Buch

Freda telefoniert mit ihrer jüngeren Freundin Erna und berichtet von skurrilen Erlebnissen aus ihrem Alltag, die wir alle so oder ähnlich schon erlebt haben.

Freda ist freundlich, offen, zugewandt, hilfsbereit und nie um einen guten Rat verlegen. Sie äußert aber auch ihre Vorurteile und es fehlt ihr völlig das Gefühl von Nähe und Distanz.

Die Autorin

Elke Bannach lebt seit 2010 mit Ihrem Ehemann Klaus W. Hoffmann in Sachsen-Anhalt. In dem Jahr begann sie auch Kinder- und Jugendbücher, Lyrik und Satiren für Erwachsene zu schreiben.

Elke Bannach ist Mitglied in folgenden Schriftstellervereinigungen:
- FBK e.V. Sachsen-Anhalt
- VS Sachsen-Anhalt
- Kulturwerk deutscher Schriftsteller in Sachsen-Anhalt e.V.
- Deutsche Haiku Gesellschaft
- Fördermitglied im PEN

Elke Bannach

Was ich dir noch erzählen wollte

Satiren

Impressum

Herstellung und Verlag:
BoD Books on Demand, Norderstedt
ISBN: 9783750417045
Überarbeitete Nachauflage 2020
© 2019 by Elke Bannach
www.elkebannach.com
Elke Bannach
Extertaler Ring 14
06792 Sandersdorf-Brehna
E-Mail: e_bannach@yahoo.de
Foto: Shutterstock

Dieses Buch ist die Druckfassung des gleichnamigen eBooks, das 2020 im Dortmunder Unkorekt-Verlag erschienen ist: www.unkorekt-verlag.de

Inhalt

Umtausch im Baumarkt

„Hallo Erna, hier ist Freda. Hast du ein paar Minuten Zeit? Was ich dir noch erzählen wollte: Ich bin ja ganz außer mir. Also, ich bin gerade erst zur Tür rein und kann es immer noch nicht fassen.

Was sagst du? Eine Tasse Kaffee? Wo soll ich denn die so schnell herbekommen? Ach du meinst den Löslichen? Das ist eine gute Idee. Dann stelle ich jetzt auf Lautsprecher. Hörst du mich? Kannst du mich verstehen? Ja? Also gut.

Erinnerst du dich, dass ich dir von den Problemen mit meinem Sonnenschirm erzählt habe? Also, der war kaputt. Auch der Ständer. Das ganze Ding inklusive Ständer war nicht mehr in Ordnung.

Du fragst, was nicht in Ordnung war? Aber das habe ich Dir doch alles schon erzählt. Na gut, dann erzähle ich es dir eben noch einmal.

Also, diese Hülse, in der der Sonnenschirmmast steckte, war locker. Der Mast ließ sich nicht mehr in der Hülse befestigen. Irgendwann wäre mir der Schirm bei einem kräftigen Windstoß durch den Garten geflogen. Da habe ich mich an deinen Rat erinnert und mich im Internet nach einem neuen Schirm samt Ständer umgesehen. Da staunst du, nicht wahr? Aber ich nehme in meinem Alter immer noch gerne Ratschläge an. Ehrlich gesagt, hattest du dich ja auch redlich bemüht, mich mit dem Internet und meinem Computer vertraut zu machen. Ich kann dir nicht genug danken. Mittlerweile bin ich richtig wild auf dieses Gerät.

Was sagst du? Ob ich dich wegen des Computers anrufe? Natürlich nicht. Es geht immer noch um den Sonnenschirm.

Warum sprichst du so leise? Ich kann dich ganz schlecht verstehen. Bei der Arbeit? Natürlich weiß ich, dass du bei der Arbeit bist. Schließlich habe ich deine Büronummer angerufen. So tüddelig bin ich noch nicht. Dein Chef? Wieso, was ist mit deinem Chef? Ach, der ist da. Sollte er auch. Schließlich kann er nicht nur seine Angestellten arbeiten lassen. Was sagst du? Er sieht es nicht gern, wenn du während der Arbeitszeit telefoniert? So, so! Dann soll er doch so lange rausgehen.

Mein Gott, stell dich nicht so an! Du bist doch sonst nicht so ein ängstlicher Typ. Setz dich mal durch. Fällt dir doch sonst auch nicht schwer. Wie? Schwierig? Was ist schwierig? Dein Chef? Hol ihn mal ans Telefon. Das werden wir gleich haben. Jetzt ist er weg? Na geht doch.

Also, du glaubst nicht, was mir heute passiert ist. Das mit der Bestellung des

Sonnenschirms und des Ständers übers Internet hat reibungslos funktioniert. Ich glaube, es hat keine vier Tage gedauert. Der Schirm war in Ordnung, doch der Ständer stellte für mich ein Problem dar. Ich habe gleich reklamiert, und die Sachbearbeiterin in der Firma war wirklich nett. Sie hat mich sofort mit einem Fachmann verbunden. Der war allerdings etwas schwer von Begriff. Ich musste ihm ein paar Mal die Situation erklären.

Welche Situation? Natürlich die mit dem Ständer. Sei still! Keine Anzüglichkeiten!
Der Ständer war nämlich viel zu schwer und hatte außerdem vier große Löcher. Der Fachmann erklärte dann, dass die Löcher da drin sind, damit ich ihn auf eine Stahlplatte aufschrauben kann. Ich frage dich: Wer hat zu Hause eine Stahlplatte und dicke Schrauben rumliegen? Unterbrich mich nicht dauernd und lass mich weitererzählen!

Also, ich habe das auch den Verkäufer gefragt. Er sagte mir dann, dass ich mir diese Sachen extra besorgen müsse. Ich könnte sie aber auch in seiner Firma bestellen. Ich habe dann nach den Kosten gefragt und da bin ich beinahe umgefallen. Na ja, ich saß Gott sei Dank auf dem Sofa. Deshalb fiel ich weich. Der Preis hatte sich gewaschen. Und einen Handwerker, der mir den Ständer auf die Platte schraubt, hätte ich auch noch bezahlen müssen. Ich holte tief Luft. Dann habe ich dem guten Mann von meinen finanziellen Verhältnissen und von meiner kleinen Rente erzählt.

Bitte? Du lachst? Was gibt es da zu lachen? Natürlich habe ich nicht alle meine Einkünfte aufgezählt. Ich wollte den Mann nicht neidisch machen. Zum Beispiel habe ich die Witwenrente von meinem Erich nicht erwähnt. Man muss ja nicht alles sofort von sich preisgeben.

Zuhören konnte dieser Fachmann nicht so gut. Der hat doch tatsächlich ein paar Mal versucht, mich zu unterbrechen. Ich hab ihm erklärt, dass sein Verhalten nicht sehr kundenfreundlich ist. Das hat er dann, glaube ich, auch eingesehen. Erst fragte er noch, wie groß der Sonnenschirm sei. Dann machte er mir den Vorschlag, ich soll den Ständer zurückschicken und mich in einem Baumarkt nach einem normalen Sonnenschirmständer umzusehen. Damit ich auch den richtigen kaufe, ließ ich mir von ihm Tipps geben. Da war er aber kurz angebunden und meinte, dass er jetzt einen Termin außer Haus habe.

Wieso kicherst du? Du kicherst nicht? Das habe ich aber sehr deutlich gehört. Ich kann zwar nicht mehr so gut sehen, aber die Ohren funktionieren noch.

Ich bin dann auch gleich zum Baumarkt gefahren. Vorher habe ich mir noch den

Ständer vom alten Sonnenschirm angeschaut und festgestellt: Eigentlich
muss nur die alte, wackelige Sonnenschirmhülse gegen eine neue ausge-
tauscht werden. Darauf hätte ich auch
früher kommen können. Wie du siehst,
habe sogar ich manchmal ein Brett vor
dem Kopf. Nein, das musst du jetzt
nicht kommentieren. Das war auch
keine Frage, sondern lediglich eine
Feststellung.

Im Baumarkt habe ich ganz schnell die
passende Sonnenschirmhülse gefunden.
Erinnerst du dich? Ich hatte dort vor ein
paar Tagen einen neuen Terrassentisch
und Auflagen für die Gartenstühle
bestellt. Die waren angekommen und
ich konnte alles zusammen bezahlen
und mitnehmen. Sieht jetzt richtig toll
aus. Kannst du bewundern, wenn du
nächste Woche zum Kaffee kommst.

Zu Hause habe ich sofort geschaut, ob
mein Nachbar schon von der Arbeit

zurück ist. Du kennst ihn, den kleinen, schmalen Mann mit den Locken. Er war schon zu Hause und hat sich sofort bereit erklärt, mir zu helfen. Ganz so einfach war das aber doch nicht. Die Hülse saß zwar total locker, ließ sich aber trotzdem nicht mehr abschrauben. Er musste seine Flex holen und konnte damit die alte Hülse entfernen.

Unterbrich mich nicht dauernd! Diese Bemerkung mit der lockeren Schraube will ich mal überhört haben.

Nachdem mein Nachbar die Hülse abgeflext hatte, also die Schraube, habe ich ihm ganz stolz meine neue Sonnenschirmhülse gezeigt. Er hat nur gelacht und gesagt: ‚Das ist Quatsch! Bring die mal schnell zurück!' So ist er, der Gute. Ziemlich direkt. Und dann fragte er mich noch: ‚Warum nimmst du nicht einen Erdspieß?'

Erdspieß? Meine Liebe, hast du schon mal von so einem Ding gehört? Bisher kannte ich nur Schaschlik- und Grillspieße. Der Mann hat es drauf. Er hat es mir richtig gut erklärt und anbringen will er mir diesen Erdspieß auch.

Was, du gehst gleich in die Mittagspause? Wie praktisch! Dann hast du ja noch ein bisschen Zeit und ich muss kein schlechtes Gewissen haben, dass ich dich von der Arbeit abhalte.
Bitte? Was sagst du? Ich hätte noch nie ein schlechtes Gewissen gehabt? Das ist eine böse Unterstellung. Damals, auf der Beerdigung von Onkel Franz, hatte ich mit dessen Bruder geflirtet. Glaube mir, das schlechte Gewissen meinem Erich gegenüber war riesig. Na ja, du kennst diese Geschichte.

Aber das Beste kommt noch. Ich bin nämlich mit der Rechnung und dieser Sonnenschirmhülse zurück zum Baumarkt gefahren. An der Information stand ausnahmsweise mal keiner. Eine Mitarbeiterin – frühes Mittelalter, blond und Kaugummi kauend – saß da und blätterte in einem Prospekt. Erst nachdem ich mich laut geräuspert und mindestens zwei Mal ‚Hallo, hallo Fräulein!' gerufen hatte, schaute sie auf.

Glaub mir, der Blick dieser Frau sagte: ‚Was will die von mir?'
Ich habe mit der Rechnung gewedelt und den Karton mit der Sonnenschirmhülse hochgehalten. Endlich legte sie den Prospekt weg, stand auf und kam zu mir an den Informationsstand. Ich habe ihr gesagt, dass ich diese Hülse nicht gebrauchen kann und sie zurückgeben möchte. Sie nickte und nahm die Rechnung. Dann packte sie die Sonnenschirmhülse aus und legte sie und die dazugehörenden Schrauben auf den Tresen. Die Frau runzelte die Stirn, schaute mich verwundert an und fragte: ‚Was soll das? Warum bringen Sie ein Tischbein zurück?'

Mir hatte es die Sprache verschlagen. Stell dir vor, mir! Das kann man sich eigentlich gar nicht vorstellen.

Ich fragte sie dann ganz vorsichtig: ‚Tischbein?'
‚Ja, Tischbein!', entgegnete die Frau ungeduldig. Sie kaute jetzt ziemlich heftig, hielt mir die Rechnung vor die Nase und meinte: ‚Sie haben zwei Auflagen für Gartenstühle und einen Tisch gekauft. Was soll ich nun mit diesem Tischbein anfangen? Und Geld soll ich Ihnen dafür auch noch erstatten?'

Kopfschüttelnd legte sie mir die Rechnung hin und packte die Hülse des Sonnenschirms samt Schrauben wieder in den Karton. Ich zeigte auf diesen. Dort stand fett und breit geschrieben: ‚Sonnenschirmhülse'. Sie schaute auch auf den Karton, dann auf die Rechnung, dann auf mich und zuckte mit den Schultern.

Mit beiden Händen hielt ich mich an der Kante der Verkaufstheke fest. Ich atmete tief und gleichmäßig. Du erinnerst dich? Das hatte ich letztes Jahr in dem Yoga-Kurs gelernt. Ich schloss die Augen und zählte leise bis zehn. Vielleicht habe ich auch laut gezählt. Die Frau sah mich plötzlich so komisch an und kaute nur noch ganz langsam auf ihrem Kaugummi. Dann hielt ich ihr den Kaufbeleg vor die Nase. Ich atmete tief durch und bat sie ganz freundlich, die Positionen auf der Rechnung genau anzuschauen und die Beträge zusammenzurechnen. Zum besseren Verständnis habe ich extrem langsam und deutlich gesprochen. Trotzdem hat sie mich anscheinend nicht richtig verstanden. Sie nahm den Beleg, wandte den Blick aber nicht ab. Dann ging sie langsam rückwärts zu ihrem Tisch. Mit einem Taschenrechner addierte sie die Kaufbeträge. Nun starrte sie auf das Display und runzelte die Stirn. Kurz blickte sie auf und tippte erneut auf den Taschenrechner. Nachdem sie das noch einige Male gemacht hatte sah sie mich total hilflos an und sagte: ,Die Summe auf dem Taschenrechner stimmt nicht mit dem Endbetrag auf dem Kaufbeleg überein.'

,Kann sie auch nicht', klärte ich sie auf. ,Sie vergessen jedes Mal, den Betrag für die Sonnenschirmhülse zu addieren.' Nach diesen Worten schien die Frau den Tränen nahe und hörte auf zu kauen. Schwer atmend griff sie wieder nach dem Beleg. Und dann geschah das Wunder: Sie entdeckte die Position ,Sonnenschirmhülse'. Plötzlich ging alles ganz schnell. Sie füllte den Retourenbeleg aus und ich bekam mein Geld ausgezahlt. Anschließend sank die Frau mit leerem Blick wieder auf ihren Hocker. Zum Trost sagte ich noch: ,Manchmal sieht man den Wald vor Bäumen nicht.' Da stahl sich ein kleines Lächeln in ihr Gesicht. Meine

Erleichterung, als ich endlich den Laden verließ, kannst du dir sicher vorstellen.

Was ist mit deiner Mittagspause? Gleich vorbei? Wie lang ist die? Also das geht gar nicht. Soll ich nicht doch mal mit deinem Chef sprechen?

Meine erste Kreuzfahrt - Anreise

Hallo, Erna, ich bin's. Ich hatte dir ja versprochen, mich möglichst jeden Tag von der MSC Furiosa zu melden. Ach, heute hattest du nicht mit meinem Anruf gerechnet? Wieso? Also, mich interessiert es schon wie es dir geht. Schließlich hatten wir die Reise gemeinsam unternehmen wollen. Und du warst diejenige, die darauf bestanden hat, dass ich auch ohne dich fahren kann.
Ja, sicher, ursprünglich wollten mein Erich und ich die Kreuzfahrt machen. Doch Erich, Gott hab' ihn selig, kann ja nun nicht mehr. Du hast gesagt, dass die Reise wichtig für mich ist und ich auf andere Gedanken kommen soll. Bin ich inzwischen auch.

Du hast ja überhaupt keine Ahnung, was alles passiert ist. Natürlich nicht. Woher solltest du das auch wissen? Wenn ich ehrlich bin, und das bin ich meistens, wäre ich am liebsten umgekehrt und nach Hause gefahren. Ich hatte bereits heute Mittag so richtig die Schnauze voll. Bitte? Wie war das? Ich soll mich mäßigen? Warum das denn? Aber ich beginne am besten ganz von vorne an.

Sei froh, dass du krank geworden bist und nicht mitfahren konntest. Jetzt sei nicht gleich beleidigt. Sicher weiß ich, dass man mit einer richtigen Grippe nicht spaßen soll. Ich hätte auch nicht mit dir tauschen wollen. Wer will schon freiwillig eine Grippe haben? Na siehst du.

Du hattest mir geraten mit dem Zug zu fahren. Aber erstens wollten wir zu zweit reisen. Zweitens hatte Erich den Parkplatz gebucht und schon alles in die Wege geleitet. Aber eins nach dem anderen.
Meine Reise fing heute Morgen völlig verkorkst an. Pussy, die blöde Katze vom Nachbarn, lief mir mal wieder vor

das Auto. In letzter Sekunde konnte ich bremsen. Es wäre um sie nicht wirklich schade gewesen, denn das Miststück versucht doch immer wieder, meine Fische aus dem Teich zu holen. Außerdem kackt sie mir ständig ins Gemüsebeet. Wieso bin ich nicht tierlieb? Ich habe doch gebremst.

Dann habe ich mir noch die Finger geklemmt. Wo? Am Koffer natürlich, als ich ihn in den Kofferraum meines Autos schieben wollte. Vielleicht hätte ich doch den kleineren Rucksack nehmen sollen. Tanken musste ich auch noch.

Bis Hamburg war die Fahrt problemlos. So ein Navi ist sein Geld wert. Es gab zwar ein paar Umleitungen, doch das war alles noch okay. Als ich den Parkplatz erreicht hatte, warteten schon ein paar Autos vor mir. Einige Fahrer waren ausgestiegen und zu dem Pförtnerhäuschen mit der heruntergelassenen Schranke gegangen. Plötzlich wurde die Tür des Häuschens aufgerissen und ein

Mann, wahrscheinlich der Pförtner, stürmte heraus. Erstaunlich, wie flink so ein dicker Mensch sein kann. Wie ein Kugelblitz rannte er an uns, den Wartenden, vorbei und wieder zurück. Hin und her. Und dabei ruderte er wild mit den Armen und rief völlig aufgebracht: ‚Das hier ist kein öffentlicher Parkplatz! Nur Firmenangehörige dürfen hier parken! Fahren sie weg! Verschwinden Sie! Das ist alles ein Irrtum!'

Wir verließen das Betriebsgelände. Ich fuhr wieder Richtung Innenstadt und suchte mir einen Parkplatz. Zum Glück hatte ich die Telefonnummer der Münchener Reiseagentur mitgenommmen. Die habe ich gleich mit meinem Handy angerufen. Es meldete sich eine junge Frau. Ich erklärte ihr die Situation. Darauf sagte sie mit starkem bayerischen Akzent: ‚Ich kann mir beim besten Willen nicht vorstellen, dass die Parkplatzadresse nicht stimmt.'

Ich merkte, dass mein Adrenalinspiegel anstieg und ich so richtig sauer wurde. Ich atmete langsam tief ein und aus und erwiderte: ‚Ich bin zwar schon über 60 aber nicht dämlich. Und ich bin durchaus in der Lage, eine Adresse zu lesen und in mein Navi einzugeben.'

Ich habe mir ganz viel Mühe gegeben, langsam und deutlich zu sprechen. Allerdings war ich nicht sicher, ob diese bayerische Maid mein präzises Hochdeutsch verstand. Als ich ihr noch einmal die Situation verdeutlichen wollte, beging diese Fachkraft den Fehler, mich zu unterbrechen. Du weißt, das liebe ich ganz besonders. Vor allen Dingen zusammen mit der Bemerkung ‚Das kann gar nicht sein!'

Die konnte von Glück sagen, dass Bayern weit weg ist. Ich habe sie dann unterbrochen und mein Anliegen etwas lauter und deutlicher wiederholt. Du merkst, die Nerven wurden dünn. Sie

schien etwas hilflos zu sein und sagte: ‚Ich muss mich erst schlaumachen.‘ Ich habe sie gefragt: ‚Muss ich Ihnen beim Schlaumachen zuhören?‘
Sie antwortete: ‚Ich rufe zurück.‘

Ich wartete ungeduldig, denn ich wollte natürlich die Abfahrt unseres Schiffes nicht verpassen.

Es dauerte nicht lange, da rief sie zurück und nannte mir eine andere Parkplatzadresse. Die habe ich dann ins Navi eingegeben und wollte wieder losfahren. So langsam bekam ich Routine beim Eingeben einer Adresse ins Navi. Doch als ich starten wollte, merkte ich, dass das Display etwas anzeigte, das ich nicht eingegeben hatte.

Frag‘ mich jetzt bitte nicht, wie so etwas passieren konnte. Zuerst dachte ich, ich hätte was an den Augen. Aber das Display zeigte auch beim zweiten Hinsehen eine völlig andere Straße an.

Was? Du glaubst mir nicht? Also bitte! So stark rieselt der Kalk bei mir noch nicht.

Dann erinnerte ich mich, dass mein Erich Adressen immer mit Sprachbefehl eingegeben hat – bevor wir losgefahren sind. Ich war nicht dabei. Meistens hatte ich bis kurz vor der Abfahrt noch etwas zu erledigen. Doch nun wollte ich das auch versuchen. Er hatte mir gezeigt, auf welche Tasten ich drücken musste. Daran konnte ich mich noch gut erinnern. Dann habe ich mir überlegt, in welcher Stimmlage ich die Adresse singen sollte.

Warum unterbrichst du mich? Natürlich muss man die Adresse singen. Das System heißt doch ,Sing'. Ich finde das überhaupt nicht lächerlich. Ihr habt doch auch einen Ford. Du müsstest das doch kennen. Oder hast du noch nie eine Adresse mit Sprachbefehl eingegeben? Wie bitte? Das heißt nicht ‚Sing'? Jetzt ist es aber gut! Auf der Taste steht deutlich ‚Sync'. Das ist sicher das englische Wort für ‚Sing'. Schließlich werden die Autos nicht nur für Deutschland gefertigt.

Hör auf zu lachen! Das ist kein Witz. Ich fand die ganze Situation überhaupt nicht lustig. Aber mit dem Singen hat das nicht funktioniert. Dann habe ich gedacht, ich spreche die Adresse dem Navi laut und deutlich und schön langsam vor. Und siehe da, plötzlich verstand mich das Gerät.

Dann ging es weiter. Nach einigen Umleitungen hatte ich laut Navi mein Ziel erreicht. Und was soll ich dir sagen: ‚Ich stand wirklich vor dem geöffneten Tor eines Parkplatzes.'

Ich konnte es kaum glauben, aber es geschehen halt doch noch Zeichen und Wunder. Meine Mitreisenden, die, wie ich, den falschen Parkplatz angesteuert hatten, waren inzwischen auch hier angekommen. Eine junge hübsche Frau erklärte mir den Ablauf. Ich musste lediglich den Koffer ausladen, ein Schild hinter die Windschutzscheibe legen, das Auto abschließen und ihr den Fahrzeugschlüssel geben. Der Bus, der uns zum Schiffsanleger bringen sollte, stand schon bereit. Tja, warum nicht gleich so. Als ich im Bus saß, hätte mir nach dieser nervigen Anreise ein Pikkolöchen sehr gut getan.

Wusstest du, dass bei der Einschiffung jeder fotografiert wird? Die Deppen, anders kann man sie nicht bezeichnen, hatten die Kameras so aufgebaut, dass man genau in die Sonne schaute. Ich wurde fotografiert und durfte mir das fertige Bild anschauen. Ob ich damit zufrieden wäre, fragte mich der Fotograf. Der hätte mich noch 30 Mal mit Blick in die Sonne fotografieren können, mein verkniffener Gesichtsausdruck wäre unverändert geblieben. Also sagte ich: ‚Okay.' Bestimmt guckt sich die Mannschaft nach Feierabend diese Fotos an und amüsiert sich köstlich.

Was meinst du? Die Kabine? Ja, schön, wie im Prospekt. Der Balkon auch. Bin mal gespannt, wann mein Koffer kommt. In einer Viertelstunde gehe ich zum Abendessen und dann in die Bar. Natürlich stoße ich nachher in Gedanken auf dich an. Habe ich doch versprochen. Darum jetzt schon: Prösterchen!

Schwimmende Kaffeefahrt

Hallo, meine Liebe. Wie geht es dir? Besser? Das ist ja schön. Dann haben meine Prösterchen auf deine Gesundheit in der Weinbar doch geholfen.

Gestern war ein Seetag. Darum habe ich mich nicht gemeldet. Doch heute muss ich dir unbedingt vom Essen berichten. Wie du weißt, sind meine Spezialitäten die Büffets und der Service. Mein Gott, wenn ich daran denke, wie viele Hochzeiten und Beerdigungen ich in unserem Dorf und der Umgebung organisiert habe. Ich kann sie gar nicht mehr zählen. Und der Schwerpunkt lag immer, wie könnte es auch anders sein, auf dem Essen.

Was sagst du? Dir läuft allein bei der Erinnerung an das letzte Hochzeitsessen noch das Wasser im Mund zusammen. Verschluck dich nicht!

In dem Selbstbedienungsrestaurant auf unserem Schiff kannst du jeden Tag 20 Stunden lang essen und so sehen einige Mitreisende auch aus. Aber ich habe mich bemüht, an diesen Menschen vorbeizuschauen.

Das Arrangement der Speisen auf den Platten fand ich nicht so gelungen und das habe ich dem Küchenchef auch gesagt. Er hat sich doch tatsächlich die Zeit für ein Gespräch mit mir genommen. Ich habe ihm von meiner langjährigen, sehr erfolgreichen Tätigkeit im Gastronomiebereich erzählt. Besonders von meinen vielbewunderten Künsten, was das Anrichten und Arrangieren von Platten angeht. Selbstverständlich habe ich ihm meine Hilfe angeboten. Und großzügig wie ich bin, hätte ich für eine kleine Unterweisung des Personals keine Bezahlung verlangt.

Ist was? Wieso stöhnst du? Ich dachte, dir geht es wieder besser. Aha, so, so.

Nur ein kurzes Bauchgrimmen. Na, wer's glaubt.

Ein bisschen war ich schon verschnupft, als der Küchenchef mein Angebot ablehnte. Er redete sich mit versicherungstechnischen Gründen heraus. Als wenn man mich extra versichern muss, nur weil ich das Küchenpersonal über die Gestaltung und das Anrichten von Speisen aufkläre.

Ich bin dann wieder in das Selbstbedienungsrestaurant gegangen und habe mich in eine stille Ecke gesetzt. War gar nicht so leicht, eine zu finden. Einem jungen Paar, das sich angiftete, schlug ich vor, ihren Streit bitte auf Deck fortzusetzen. Er wollte erst nicht und pflaumte mich an: ‚Dumme Ziege.' Dann hat er meinen Vorschlag wohl noch einmal überdacht und ging. Seine Begleiterin sträubte sich erst noch ein wenig, und meinte tatsächlich, ich wäre unverschämt. Ich hab' das junge Ding aufgeklärt und ihr gesagt: ‚Sie sollten mich mal wütend und unverschämt erleben. Tun Sie sich das lieber nicht an!' Da ging sie auch.

Wieso bin ich dreist? Wenn die sich zoffen wollten, ist es doch egal, wo sie das tun. Ach! Ich hätte mich nicht einmischen dürfen? Du bist gut. Ich habe den beiden Streithähnen nur Hilfestellung gegeben.

Nun, als ich so dasaß, hatte ich Zeit, mir meine Mitreisenden in aller Ruhe anzuschauen. Und da habe ich mir gesagt: ‚Freda, schau mal auf die Gäste. Sind die deine Mühe wert?' Viele kriegen doch gar nicht mit, was sie essen. Hauptsache der Teller ist voll. Und wenn du glaubst, alle würden die Speisen mit den Zangen, Löffeln und Gabeln von den Platten und aus den Schüsseln nehmen, dann hast du dich gründlich geirrt. Nein! Die Ferkel nehmen sich zum Beispiel Brot,

Gemüse und Obst oft mit den Händen, fassen es an und legen es wieder zurück. Du hörst richtig. Sogar Kuchen und Gebäck. Grausig und eklig, nicht wahr? Man könnte speien, wenn man es sieht. Ich möchte mir gar nicht vorstellen, was sie womöglich alles vorher angefasst haben. Puh, nein, nicht daran denken!

Du hast gut reden. Ach, ich bin zu empfindlich? Mein zweiter Name ist Toleranz. Nein, Erna, wirklich. Dir wäre auch der Appetit vergangen.

Ich habe dann lieber in einem der normalen Restaurants gegessen. Die gibt es nämlich auch auf unserem Schiff. Da werden die Tischzeiten vorgegeben und die Tischnachbarn auch. Das Essen wird à la carte bestellt und serviert. Wir waren sieben Personen an unserem Tisch. Hier stimmte auf jeden Fall der Service. Die Speisen waren sehr schön angerichtet und nicht zu üppig. Man muss lobend erwähnen, dass es abends grundsätzlich ein Vier-Gang-Menü gab. Zwei Pärchen sagten gleich, dass sie zukünftig wieder im Selbstbedienungsrestaurant essen wollen. Sie wären bei den kleinen Portionen hier im Restaurant nicht satt geworden. Außerdem hatte ihnen nicht gefallen, dass sie zwischen den einzelnen Gängen solange auf den nächsten warten mussten. Das Personal kann ich aber wirklich nur loben. Immer nett und freundlich. Überwiegend junge Männer, die mit älteren Frauen ein wenig augenzwinkernd flirten. Du weißt, dass das Auge auch mitisst. Okay, kleiner Scherz von mir. Aber wer freundlich ist erhält ein schönes Trinkgeld. War schon immer so.

Doch dann kam der Schock. Sogar während des Essens wurden wir von Fotografen überfallen. Doch nicht nur im Restaurant. An allen Ecken und Enden des Schiffs lauerte jemand mit seiner Kamera und versuchte uns richtig aggressiv zu überreden, uns fotografieren zu lassen. Manche fassten uns sogar an oder versuchten uns in den Arm zu nehmen. Wenn man den jungen Menschen wenigstens beigebracht hätte, die ganze Anmache in nette Komplimente zu verpacken, dann wäre das in Ordnung gewesen. Aber nein, plump und für mich abstoßend, verhielten sie sich. Tatsächlich gab es Frauen, die sich nach dieser blöden Anmache zum Fotoshooting führen ließen und dämlich kichernd lächerliche Posen zeigten. Da kann ich auch nachträglich nur den inneren Kopf schütteln. Nervig war auch, dass ständig Durchsagen kamen. Wir wurden aufgefordert, an verschiedenen Decks, in den Shops und in den Bars Schmuck, Parfüm, Uhren, Kosmetik und Handtaschen zu kaufen.

Du lachst? Stimmt, recht hast du. Mich hat das auch an unsere letzte und einzige gemeinsame Kaffeefahrt erinnert. Weißt du noch, welchen Spaß wir hatten? Vor allen Dingen, als ich dem Verkäufer vorschlug, die Wickel und Cremes uns am eigenen Leib vorzuführen. Und er solle sich nicht so zieren wie ein Mädchen, nicht so schamhaft sein, sich mal frei machen und uns zeigen, wie man ein Bruchband richtig anlegt. Der Typ war die absolute Spaßbremse. Richtig wütend wurde der. Da musste ich ihm mal meine Meinung zu diesem ‚Ausflug' sagen. Ach, du meinst ich war mal wieder zu drastisch? Die Ausflügler fanden es aber lustig.

Auf jeden Fall waren diese ständigen Durchsagen für die Verkaufsshows mehr als lästig. An der Rezeption habe ich mich erkundigt, wer für diese Aktionen zuständig sei. Die nette Mitarbeiterin führte ein kurzes Telefongespräch und teilte mir mit, dass der verantwortliche Verkaufsmanager in wenigen Minuten Zeit für mich hätte. Er kam, begrüßte mich freundlich und lud mich auf einen Espresso in die Kaffeebar ein. Wir hatten ein sehr konstruktives Gespräch. Ich habe ihm noch ein paar Tipps zur Verkaufsförderung gegeben. Zum Beispiel Angebote von Rheumadecken, Schnellkochtöpfen, Magnetauflagen für Matratzen. Diese Dinge würde ich schmerzlich vermissen. Ich sagte noch: ‚Sie müssen sich mehr am Altersdurchschnitt der Reisenden orientieren und medizinische Hilfsmittel anbieten, wie Rollatoren, Bruchbänder und Stützstrümpfe. Falls Sie noch mehr Verbesserungsvorschläge hören wollen, fragen Sie mich ruhig. Ich stehe für weitere Tipps gerne zur Verfügung.

Dieser undankbare Kerl war völlig humorlos. Er stand abrupt auf, ließ mich einfach mit meinem Kaffee sitzen und ging wortlos weg. Wahrscheinlich musste er so viele Anregungen erst einmal verdauen.

Was soll das heißen? Ich wäre sarkastisch? Meine Liebe, anders kann man diese Zumutungen doch nicht ertragen.

Und natürlich sollten wir uns pausenlos verschönern lassen. Der Frisörsalon und die Kosmetikabteilung wurden ständig angepriesen, dazu noch Massagen, neue Klamotten und Souvenirs vom Schiff. Verschönerungen hätten aber bei den meisten Mitreisenden keinen Sinn gehabt. Rundumerneuerungen wären bei ihnen nötig gewesen. Die wurden aber leider nicht angeboten.

Du kicherst? Das habe ich doch richtig gehört! Du erinnerst dich an meinen Standardspruch? Na klar: Wer schöner ist als ich, ist geschminkt. Weißt du auch von wem der ist? Mein Erich, Gott hab ihn selig, hat das immer zu mir gesagt, wenn wir ausgehen wollten. Manchmal hatte ich den leisen Verdacht, dass er das nur gesagt hat, damit ich schneller das Badezimmer freimachen sollte.

Für heute genug gequasselt. Jetzt ruft das Abendessen. Anschließend geht es wieder in die Weinbar. Du weißt, zwei Gläser vom trockenen Weißen. Eins für dich und eins für mich. Könnte ich mich richtig dran gewöhnen. Was heißt hier zu viel Alkohol? So lange es dir hilft, opfere ich mich gern. Prösterchen!

Wahlhelferin

Hallo Erna! Schön, dass du mich auch einmal anrufst. Sonst bin ich doch immer diejenige, welche. Was gibt es denn so Dringendes? Bitte? Ich fasse es nicht! Du als Wahlhelferin? Wenn es einen unpolitischen Menschen in diesem Land gibt, dann bist du es. Wer hat dich gefragt? Der Vorsitzende vom Sportverein? Was hat der denn mit der Wahl zu tun? Verwechselst du da nicht etwas? Ach so, der ist gleichzeitig auch euer Bürgermeister. Warum sagst du das nicht gleich?

Aber bei der Gelegenheit fällt mir etwas ein. Hatte ich dir eigentlich schon einmal erzählt, dass auch ich vor einigen Jahren Wahlhelferin war? Nein? Dann hör mir gut zu. Bestimmt kannst du noch etwas lernen.

Du weißt doch, dass ich einmal Mitglied in der SPD war? Nein? Wirklich nicht? Dabei bin ich mir fast sicher, dass das nicht unbemerkt an dir vorbeigegangen ist. Tu nicht so überrascht. Obwohl – du bist etliche Jahre jünger als ich. Wahrscheinlich warst du zu der Zeit mit dir und deiner Pubertät beschäftigt. Wieso passt die Rolle der Wahlhelferin nicht zu mir? Ich war eben schon immer vielseitig interessiert. Ob Erich davon gewusst hat? Warum fragst du? Du tust ja gerade so, als ob ich die große Heimlichtuerin sei. Ich muss zugeben, dass ich das alles ganz spannend fand. Die Parteimitgliedschaft und so. Und anfangs hatte ich Erich wirklich nichts davon erzählt. Ja, ja, der Gute war sehr konservativ und nicht so weltoffen wie ich.

Warum prustest du so laut ins Telefon? Ich hätte fast einen Hörschaden bekommen. Seit wann ich weltoffen bin? War ich immer schon. Was soll diese Frage überhaupt? Bevor du mit irgendwelchen böswilligen Unterstellungen anfängst, erzähle ich lieber weiter.

Meine Mitgliedschaft in der SPD dauerte nicht sehr lange. Vielleicht so drei oder vier Jahre.
Das muss vor ungefähr 30 Jahren gewesen sein. Da war ein Wahllokal noch wirklich ein Wahllokal. Nicht so wie heute. Man wählt meist in Irgendwelchen miefigen Turnhallen, in Gemeinschaftshäuser, Kitas, Schulen, aber nur noch selten in Gaststätten. Wenn man diese sogenannten Wahllokale attraktiver gestalten würde, ließe sich die Wahlbeteiligung bestimmt erhöhen. Ich hätte da schon ein paar Ideen: Ein kostenloses Begrüßungsbier für die Männer und für die Damenwelt ein Glas Sekt. Man könnte auch zum Wahlfrühstück einladen, mit kleinen Häppchen und Kaffee oder Tee. Dass Gehbehinderte, Kranke und Gebrechliche von zu Hause abgeholt werden, sollte selbstverständlich sein. Was sagst

44

du? Auch damals wurde nicht nur in Kneipen gewählt? Stimmt! Ich schweife mal wieder ab. Wo war ich stehengeblieben? Richtig, im Wahllokal.

Dieser Wahltag fing schon frühmorgens total verkorkst an. Wir, das heißt der Wahlvorsteher, sein Stellvertreter, die Frau von der Stadtverwaltung mit den Wahlunterlagen und wir drei Wahlhelfer standen vor dem ‚Steilen Treppchen', und zwar vor verschlossener Tür. Klopfen, Rufen, an der Tür rütteln – nichts half. Walter, der Wirt des ‚Steilen Treppchens', machte nicht auf. Zum Glück wohnte er über der Kneipe. Herbert, unser Wahlvorsteher von der SPD – die war ja damals die stärkste Partei – stellte die Wahlurne neben die Eingangstür und begann kleine Steine an das Fenster über der Gaststätte im ersten Stock zu werfen. Zunächst ohne Erfolg. Ich hatte schon Sorge, dass er die Scheibe einwerfen würde. Plötzlich wurde das Fenster ruckartig geöffnet und der Wirt Walter steckte seinen Kopf raus. Sehen konnte der uns sicher nicht, denn seine Augen waren zugeschwollen. Da tauchten die ersten beiden Wähler auf und verfolgten das Geschehen mit steigendem Interesse. Mit heiserer Stimme brüllte Walter: ‚Was soll der Scheiß! Ihr Blödmänner! Die Gaststätte ist noch geschlossen!"

Du hast richtig gehört, Erna. Walter muss am Abend vorher mal wieder sein bester Gast gewesen sein und wie ich sah, noch nicht wieder auf der Höhe. Aber da lief Herbert so richtig zur Höchstform auf. Wenn ich mich richtig erinnere waren seine Worte: ‚Hey, du Saufsack. Wenn du nicht sofort die Tür aufmachst, dann komme ich dich holen. Heute ist Wahltag!'

Walter schloss das Fenster mit einem lauten Knall und nach wenigen Minuten die Tür auf. Stark schnaufend, mit hochrotem Gesicht und noch triefend nassen Haaren ließ er uns in sein Lokal.

Im Saal der Kneipe hatte am Vorabend
der Geflügelzüchterverein gefeiert.
Entsprechend hing der Dunst von abge-
standenem Bier und Zigarettenqualm
noch im Raum. Sofort rissen wir alle
Fenster zum Lüften auf. Damals durfte
in den Gasthäusern noch geraucht werden. Walter schlurfte in die Küche und
kochte Kaffee. Ich war mir sicher, dass
er von uns allen den am dringendsten
brauchte.

Walter hatte anscheinend ein schlechtes
Gewissen, denn sonst hätte er uns nie
gefragt, ob er belegte Brötchen bringen
soll. Freudig stimmten wir alle zu. Herbert sagte noch: ‚Na endlich, ich hatte
schon Angst, dass du das nie fragst'.

Wir stellten die Urne und die beiden
Kabinen auf. Die städtische Angestellte
packte die Wahlunterlagen aus und
Herbert wies jedem seinen Platz zu.
Walter brachte Kaffeetassen, Teller für
die Brötchen und Gläser für Wasser und

Saft. Die beiden Wähler warteten ungeduldig darauf, ihre Stimmen abzugeben. Nachdem sie in der Wahlliste registriert worden waren, bedienten sie sich erst einmal an unseren Brötchen und unserem Kaffee. Anschließend wählten sie, warfen ihre Stimmzettel in die Urne, wünschten uns noch einen schönen Tag und gingen. Wir warteten auf den Ansturm der Wähler.

So nach und nach trudelten sie ein. Ab 9 Uhr hatten wir richtig viel zu tun. Mir fiel auf, dass ein Ehepaar zusammen in eine Wahlkabine ging. Ich bin natürlich sofort zu den beiden hin und habe sie darauf aufmerksam gemacht, dass das nicht zulässig ist. Schließlich ist eine Wahl bei uns in Deutschland immer noch geheim. Da hatte ich aber ganz schön in ein Wespennest gestochen. Die Frau giftete mich an: ,Was fällt ihnen ein? Wir sind seit mehr als 30 Jahren verheiratet und haben keine Geheimnisse voreinander. Außerdem gehen wir seit mehr als 30 Jahren miteinander ins Bett und da hat mein Mann schon wesentlich interessantere Dinge gesehen als einen von mir ausgefüllten Stimmzettel.'

In der Wahlkabine nebenan stand Oma Müller. Sie war in Begleitung einer Schwester vom Pflegedienst gekommen und jammerte: ‚Ich brauche dringend einen Stuhl.'

Die Schwester holte einen der Stühle, die in einer Ecke des Saals standen, und stellte ihn in die Wahlkabine. Doch auch sie blieb dort. Auf Herberts Aufforderung, aus der Wahlkabine herauszukommen, zeigte die Schwester keine Reaktion.

Zu mir sagte Herbert: ‚Freda, hol mal diese Schwester da raus. Das geht ja gar nicht!'

Ich näherte mich der Wahlkabine und bevor ich sie erreichte hörte ich noch wie die Schwester leise flüsterte: ‚Nicht da, Frau Müller! Bei der CDU muss das

Kreuzchen hin. Warten sie, ich helfe ihnen.'

Dazu kam sie nicht mehr. Ich zog sie mit sanfter Gewalt aus der Wahlkabine. Frau Müller kam dann auch und warf ihren Stimmzettel in die Urne.

Die Wähler trafen in Grüppchen ein, standen Schlange vor der Frau von der Stadtverwaltung, die die Wahlbenachrichtigungen mit der Wählerliste abgleichen musste und verteilten sich auf die beiden Kabinen. Danach war eine Viertelstunde lang gar nichts los. Walter kam hereingewuselt und brachte Bier und Schnaps. Er überprüfte die Thermoskannen mit Kaffee und Tee. Wenn sie leer waren, füllte er sie wieder auf.

Die nächste Schar Wähler betrat den Saal. Eine halbe Stunde lang war normaler Wahlbetrieb. Walter war leise hereingekommen. Er stand hinter Herbert, räusperte sich und fragte: ,Was soll

Hildegard als Mittagessen zubereiten? Ihr könnt zwischen verschiedenen Schnitzelvarianten und Frikadellen wählen. Dazu gibt es Kartoffelsalat.'

Wir wussten, dass Hildegard, seine Schwester, eine vorzügliche Köchin war. Die Entscheidung fiel uns leicht.

Walter servierte uns die bestellten Schnitzel mit Kartoffelsalat. Die waren wirklich gut.

Nebenan im Schankraum war richtig was los. Alkoholische Getränke, Schnitzel und Kartoffelsalat fanden auch dort regen Zuspruch. Alle Tische waren mit Gästen besetzt. Am Nachmittag servierte Walter uns sogar noch Hildegards selbstgebackenen Streuselkuchen.

Du wunderst dich, dass ich mich an den genauen Ablauf dieses Wahlsonntags noch so gut erinnern kann? Ich habe eben ein gutes Gedächtnis.

Bis zum Abend lief dann alles ganz normal. Einer hatte seinen Ausweis vergessen und die Wahlbenachrichtigung auch nicht dabei. Der war dann sauer, dass er nicht wählen durfte. Aber da ließ Herbert nicht mit sich spaßen. Zwischendurch reichte Walter weiter Bier, Schnaps, Kaffee und Tee.

Was sagst du? Chaotisch? Warte es ab. Ich bin noch nicht fertig, denn der Wahltag war noch nicht vorbei. Wieso mache ich dir Angst? Als Wahlhelferin kannst du dich doch zurücklehnen. Die Verantwortung liegt doch nicht bei dir. Na ja, wenigstens sollte es so sein. Andeutungen? Welche Andeutungen? Ich erzähle sofort weiter. Aber zuerst muss ich mir ein Glas Wasser holen. Solange reden macht durstig.

Um 18 Uhr schlossen wir die Tür vom Saal zum Schankraum ab und machten uns an das Auszählen der Stimmzettel. Im Laufe der letzten Stunden war die

Stimmung angestiegen. Unter Gekicher und Gerülpse wurde die Wahlurne ausgeleert und wir ordneten die Stimmzettel den Parteien zu.

Jetzt begann der wirklich lustige Teil des Wahltages. Was an einem Wahltag lustig ist? Das kannst du dir nicht vorstellen? Warte, ich erzähle es dir.

Du glaubst nicht, was die Leute alles auf einen Stimmzettel schreiben. Auf einem war alles durchgestrichen. Ganz fett quer darüber hatte der Wähler oder die Wählerin BVB geschrieben. Einer war künstlerisch sehr begabt. Er hatte sich ganz viel Mühe gemacht und zu jeder Partei ein Bildchen gemalt. Die Stimmzettel wurden je nach Partei in verschiedenen Stapeln auf einen großen Tisch gelegt. Die ungültigen Zettel sortierten wir natürlich aus.

Die Stimmung stieg, Walter kam mit einer Extrarunde herein. Er hatte wohl auch jedes Mal mit auf unser Wohl angestoßen und schien mir etwas unsicher auf den Beinen zu sein. Hildegard war schon nach Hause gegangen. Walter stolperte. Das Tablett mit den Getränken flog ihm aus den Händen und die Getränke ergossen sich über die aufgestapelten Stimmzettel. Walter stürzte und versuchte sich am Tisch festzuhalten. Dabei riss er die Tischdecke und mit ihr auch die darauf abgelegten Stimmzettel zu Boden. Er rappelte sich auf und schaute bedröppelt auf das Chaos, das er angerichtet hatte. Dann stellte er die Gläser auf sein Tablett und murmelte: ‚Ich hole einen Lappen und mach' das weg.' Walter verließ den Saal.

Herbert stöhnte, fuhr sich mit einer Hand über das Gesicht und griff mit der anderen an sein Herz. Oder an die Stelle, an der er es vermutete.

Und jetzt kam meine große Stunde. Gott sei Dank trinke ich nur in seltenen Ausnahmefällen Alkohol.
Nein, jetzt möchte ich von dir keine Bemerkung hören. Ich weiß, du hast mich schon erlebt, wenn ich einen über den Durst getrunken hatte. Dann weißt du ja auch, warum ich nur sehr kontrolliert Alkohol trinke.

Also weiter! Ich war noch nüchtern und überblickte die Situation. Walter kochte für alle noch extra starken Kaffee und servierte keine alkoholischen Getränke mehr. Mit etlichen Lappen und einigen Rollen Toilettenpapier wischten wir die Schnaps und Bierreste auf. Dann hatte ich die Idee, die total aufgeweichten Stimmzettel mit einem Fön zu trocknen. Walter ging in seine Wohnung und fand auch einen. Den hatte seine Frau bei ihrem Auszug wohl vergessen. Nachdem wir die größten Schäden beseitigt hatten, begann die Auszählarbeit wieder von vorn. Und jetzt hatte ich doch noch die Verantwortung. Ohne mich, dass darf ich in aller Bescheidenheit sagen, hätte Herbert niemals das Wahlergebnis aus dem ‚Steilen Treppchen' telefonisch an das Wahlbüro melden können. Natürlich war ich zum Schluss total erledigt. Zu Hause habe ich mir dann eine Belohnung gegönnt und ein Pikkolöchen aufgemacht.

Ich muss dir wohl nicht erklären, dass ich bei der nächsten Wahl meine Teilnahme als Wahlhelferin dankend abgelehnt habe.
Und? Wie fühlst du dich jetzt? Na, besser als ich konnte dich doch niemand auf diese Aufgabe vorbereiten. Glaub mir, mit diesem Hintergrundwissen kann dir nichts mehr passieren.

Erna zieht in den Osten

Ja, das ist mal eine Überraschung. Ich hatte schon Sorge, dir sei etwas zugestoßen. Dreimal habe ich angerufen, nie warst du zu Hause. Aber schön! Dass du heute mich einmal anrufst... Wie? Es ist viel passiert? Doch hoffentlich nichts Schlimmes? Du warst doch mit deinem Klaus zwei Wochen im Urlaub. Natürlich erinnere ich mich, ihr wart in einem der neuen Bundesländer. Soll ja ganz schön sein da drüben. Hab ich so gehört. Was sagst du? Das stimmt? Also wirklich. Wo seid ihr überhaupt gewesen? In Mecklenburg-Vorpommern? Und wo da genau? Muss man dir jedes Wort einzeln aus der Nase ziehen? Mecklenburgische Seenplatte in Mecklenburg-Vorpommern. Mein Gott, wenn man das ausgesprochen hat, ist man ja schon müde. Seen gibt es hier in unseren alten Bundesländern auch. Deshalb muss man nicht nach Mecklenburg-Vorpommern reisen, wie du so schön sagst. Aber meine Liebe, wenn es dir gefallen hat. Habt ihr in einem Ferienhaus gewohnt? Ja? In einer gepflegten Anlage. Und mit gut sortierten Geschäften, netten Kneipen und freundlichen Leuten im Ort. Hört sich alles ganz gut an. Aber denen soll es doch so schlecht gehen. Die armen Menschen haben doch angeblich keine Arbeit und sind unzufrieden. Wie ich hörte, soll dort alles völlig heruntergekommen sein.

Was muffelst du mich an. Natürlich bin ich weltoffen und vorurteilsfrei. Du kennst mich doch. Was heißt hier: ‚Ja eben.'

Aber erzähl' weiter! Was habt ihr denn noch gemacht? Ihr wolltet doch mit dem Verwalter eurer Wohnung sprechen. Wo ist die noch? In der Nähe von Halle? Ich erinnere mich! Die Mieter hatten einen Wasserschaden verursacht. So sind sie, die Ossis.

Was sagst du? Mein Erich hätte nach der Wende doch auch eine Eigentumswohnung im Osten gekauft? Ja, aber unsere Mieter haben niemals einen Wasserschaden verursacht. Das sind feine Leute kleine Reparaturen zahlen sie sogar selbst.

Nein, ich wollte dich nicht unterbrechen. Erzähle bitte weiter. Habt ihr denn den Verwalter eurer Wohnung besucht? Ja? Du hast doch erzählt, dass er in einem kleinen ruhigen Dorf wohnt. Und da seid ihr hingefahren?

Du hattest ja mit deinem beginnenden Burnout auch Ruhe nötig. Ist ja schön, dass du dich etwas erholen konntest. Was heißt das: ,Diese herrliche Ruhe kann ich immer haben, wenn ich es will.' Ich setzte mich jetzt doch lieber in den Sessel. Das kann doch aber nicht wahr sein. Ihr habt euch in das Dorf und die Gegend verliebt und ein Grundstück wollt ihr kaufen und es bebauen? Das verstehe ich nicht. Ich glaube, mir wird ganz schwindelig.

Aber Erna, bitte bleibt doch vernünftig. Was wird mit eurer Arbeit, der Familie und dem Freundeskreis? Du weißt, Liebe macht blind. Da müsst ihr mal gründlich drüber schlafen.
Das habt ihr? Und das ist nicht unüberlegt? Für Klaus kommt doch der Job in seiner Firma in seinem Leben direkt an zweiter Stelle. Gleich nach dir. Das kann er doch nicht plötzlich alles aufgeben. Und was machst du? Oft hatte ich ja den Verdacht, dass deine Arbeit bei dir an erster Stelle steht. Darum ja auch der beginnende Burnout. Du hast mir erst kürzlich erzählt, wie schlecht du dich fühlst und wie dringend du den Urlaub nötig hast.

Was kommt jetzt noch? Ja, ja, ich sagte doch, dass ich mich in einen Sessel gesetzt habe. Aber nur raus mit der

Sprache. Mich kann so schnell nichts erschüttern.

Bitte? Klaus kann in Halle arbeiten? Seine Firma hat ihm dort in einer Zweigstelle eine leitende Position angeboten und dir auch eine Anstellung?
Liebe Erna, ehrlich, diese Nachricht haut mich jetzt um. Ich muss mir erst einen Kaffee machen. Aber einen richtigen, starken. Bis gleich, ich rufe dich zurück.

Hallo Erna, da bin ich wieder. Hat doch ein bißchen länger gedauert. Bei dieser Nachricht konnte ich es nicht bei einer Tasse Kaffee belassen. Ein Stück Kuchen musste ich auch essen. Du weißt, das ist Nervennahrung für mich. Vor allem, wenn er sehr süß ist. Und Sahne darf auch nicht fehlen. Wenn möglich, bitte noch mit Schokolade. Was hat das bitte mit meiner Figur zu tun? Erst schockst du mich, dass ich fast ohnmächtig werde, und gleichzeitig soll ich auf meine Figur achten? Wie geht das denn?

Aber ein besonders starkes Stück ist das schon. Da habt ihr bereits Pläne gemacht und ich weiß nichts davon. Jetzt bin ich aber wirklich erschüttert. Also mein Vertrauen in dich… Unterbrich mich nicht dauernd. Was das mit Vertrauen zu tun hat? Man weiht doch seine beste Freundin ein. Und jetzt erfahre ich, dass ihr alles schon ohne mich entschieden habt.

Warte mal, ich muss mir die Nase putzen. Nein, ich weine nicht. Den Gefallen tue ich dir nicht. Auf jeden Fall nicht jetzt.

Mal was anderes: Wie willst du denn da drüben zurecht kommen? Ohne mich und meine Unterstützung? Was heißt hier: ‚Ich bin schließlich verheiratet.' Klaus mag ja als Mann ganz nett sein, aber mal ehrlich: Hat er dich als Frau überhaupt je verstanden? Ach, das willst du jetzt nicht mit mir diskutieren? Es interessiert mich schon, wie das alles ablaufen soll.

Wieso ich ständig jammere? Ich jammere überhaupt nicht. Ich zähle nur Fakten auf.

Aber erzähl mal weiter. Wo waren wir stehengeblieben? Richtig, beim Verwalter eurer Eigentumswohnung, der in dem kleinen Dorf wohnt. Wie heißt das noch? Ach, egal, ich kann mir den Namen sowieso nicht merken. Werde ich noch müssen? Warum das denn? Weil ihr dort wohnen werdet? Ich glaube, ich kriege Schnappatmung. Na ja, es wird nichts so heiß gegessen, wie es gekocht wird.

Bitte? Wann habt ihr denn die Verträge unterschrieben? Und beim Notar wart ihr auch schon? Letzten Monat? Ich glaube, mir wird gleich schlecht. Du hast Klaus versprechen müssen, mir nichts zu erzählen, bis alles in Sack und Tüten ist? Der soll mir unter die Augen kommen! Gut, dass er jetzt nicht in der Nähe ist. Mein Blutdruck ist gefühlt bei 200. Heute Abend rufe ich ihn an. Da kann er sich aber auf etwas gefasst machen. Das soll ich nicht machen? Was soll ich respektieren? Also, wenn hier einer die Entscheidungen anderer Leute respektiert, dann doch wohl ich. Jetzt hältst du auch noch zu ihm. Natürlich weiß ich, dass er dein Mann ist. Leider. Dem war ich schon immer ein Dorn im Auge. Doch, doch, ich bin schon still und höre weiter zu.

Mal ehrlich, meine Liebe, das kann doch alles gar nicht funktionieren. Man kann kein Haus bauen, ohne den Handwerkern ständig auf die Finger zu gucken. Die machen doch sonst was sie wollen. Das dauert dann doppelt so lange. Material verschwindet auf Nimmerwiedersehen. Das ganze Projekt wird dann mindestens dreimal so teuer.

Die Zeit für eine vernünftige Kontrolle habt ihr doch gar nicht.

Wann müsst ihr denn überhaupt in Halle anfangen zu arbeiten? Hör' ich richtig? Erst am 1. Juli im nächsten Jahr? Und vorher könnt ihr noch vier Wochen Resturlaub nehmen? Ach, einen Käufer für eure Eigentumswohnung habt ihr auch schon? So, so, und der wird zum 1. Juli einziehen? Warte mal ab. Bis dahin schafft ihr es nicht einmal in Renneritz, so heißt doch das Dorf, Richtfest zu feiern. Schaut euch schon mal nach einem Hotel um. Du wirst schon sehen, was ihr von euren unüberlegten Entschlüsseln habt.

Hab ich gerade richtig gehört? Du lachst mich aus? Das wird ja immer schöner mit dir. Verträge, Verträge! Verträge sind dazu da, nicht eingehalten zu werden. Wenn ich nur daran denke, welchen Ärger Erich und ich beim Bau unseres Häuschen hatten, dann kriege ich sofort wieder Sodbrennen. Das ist zwar schon etliche Jahre her, doch da hat sich mit Sicherheit nicht viel verändert. Auf jeden Fall nicht positiv.

Was sagst du? Ich wäre eine Schwarzmalerin? Dagegen wehre ich mich aber ganz entschieden. Ich bin keine Schwarzmalerin. Meine Liebe, nichts als Erfahrungswerte führe ich hier an.

Der Ortsbürgermeister? Was hat der mit eurem Haus zu tun? Der wohnt gegenüber der Baustelle und kann vom Fenster seines Arbeitszimmer auf die Baustelle gucken? Und du denkst, der hat alles unter Kontrolle? Wer's glaubt. Ihr habt mit ihm einen Vertrag über die Bauaufsicht gemacht? Okay, da bleibt dann noch die Baufirma. Eine wirklich zuverlässige zu finden, ist, wenn man nicht vor Ort sein kann, bestimmt ein Glücksfall. Ach, habt ihr auch schon? Dass man sich auf Aussagen von Fremden verlassen kann, glaube ich nicht. Die Baufirmen wollen doch immer nur den Vertrag in der Tasche haben und dann steht man da, mit seinem kurzen Hemd. Obwohl, nichts für ungut, Klaus würde ich das kurze Hemd mal so richtig gönnen.

Wieso bin ich eine alte Miesmacherin? Und gehässig bin ich schon gar nicht. Ich sagte ja: ‚Erfahrungswerte.'
Habt ihr euch wenigstens Referenzen geben lassen? Ach, mit Bauherren habt ihr auch schon persönlich gesprochen? Alle waren sehr zufrieden und haben die Baufirma gelobt? Kann man ja wirklich kaum glauben. Warte ab, euer Erwachen kommt noch!

Da schlägt es doch dreizehn. Richtfest war schon im vergangenen November? Nach nur zwei Monaten Bauzeit? Wie geht das denn? Was sagst du? Die Ossis haben den Wessis mal so richtig gezeigt, wie sie bauen können. Respekt! Doch jetzt kommt erst einmal der Innenausbau. Da lassen sich die Firmen gerne Zeit. Und in Renneritz dauert das sicher besonders lange. Warum? Na, bis die alle die Materialien zusammenhaben, das kann dauern.

Natürlich weiß ich, dass die Wiedervereinigung schon ein paar Tage her ist und den aufrechten Gang haben sie auch schon lange. Aber das technische Knowhow und so, das fehlt ihnen doch sicher.

Aha, ihr könnt Anfang Juni einziehen? Garantiert? So, so! Und bisher hat alles reibungslos funktioniert? Bestimmt ist es aber teurer geworden, als vertraglich vereinbart. Nein? Ihr habt euch alles angeschaut und seid mehr als zufrieden. Und ihr zieht wirklich Anfang Juni um? Mein Gott, da hältst du über viele Monate hinweg den Mund und erzählst mir nichts von diesen grundlegenden Veränderungen. Ich fasse es nicht. Ich glaube, mir wird gleich schlecht. Tschüss, meine Liebe.

Zwangsräumung

Meine liebe Erna, ich bin es. Gut, dass ich dich erreiche. Ich bin fix und foxi, sitze auf meinem Sofa und habe mir eine große Tasse Kräutertee aufgebrüht. Du hast richtig gehört: Kräutertee – mit Lavendel und Baldrian. Alles andere würde mich jetzt total aus den Latschen kippen lassen.

Wieso ich so fertig bin? Heute war doch die Zwangsräumung. Welche Zwangs-räumung? Du hast ein Gedächtnis von zwölf bis Mittag. Erinnere dich bitte. Gut, für dich hole ich auch gerne noch etwas weiter aus. Erich hatte doch nach der Wende in der Nähe von Dresden diese Eigentumswohnung gekauft. Ich wusste damals nichts davon. Sollte für mich eine Überraschung sein. Ist ihm auch gelungen. Ungefähr drei Wochen habe ich nicht mit ihm geredet. Hat aber nichts geholfen. Diese Bude hatten wir am Hals. Erich redete sich damals mit steuerlichen Gründen raus. Meiner Meinung nach war diese Wohnung so unnötig wie ein Kropf.

Mit den Mietern lief es mal besser mal schlechter. Aber die letzte Mieterin machte richtig Ärger. Nachdem Erich im vergangenen Jahr so plötzlich verstorben war, hatte ich der Frau geschrieben, dass ich jetzt Eigentümerin sei und ihr meine Bankverbindung mitgeteilt. Die Reaktion war sehr überraschend: Sie zahlte von dem Monat an nämlich keine Miete und keine Nebenkosten mehr.

Na, dämmert es wieder? Meine Mieter sind doch so feine Leute? Wann soll ich das denn gesagt haben? Als ich dir von dem Wasserschaden erzählt habe? Die würden niemals einen Wasserschaden verursachen und zahlen sogar kleine Reparaturen selbst? Das wüsste ich aber. Ich kann mich nicht erinnern, so etwas je gesagt zu haben.

Ich glaube, ich hatte dir von den Drei-
stigkeiten erzählt, die sich diese Frau
geleistet hat. Manches war so abartig,
da hat es sogar mir die Sprache verschlagen.

Warum lachst du? Wie, du kannst dir
nicht vorstellen, dass es mir die Sprache
verschlägt? Diese Nuss, hat es aber
geschafft. Wieso rede ich abfällig über
diese Frau? Das ist noch harmlos. In
Gedanken fallen mir ganz andere Be-
zeichnungen ein. Die willst du ganz
sicher nicht hören.

Von dem Gerichtstermin hatte ich dir
erzählt, da bin ich mir sicher. Daran
erinnerst du dich auch nicht mehr? So
langsam finde ich das beängstigend. Du
solltest unbedingt etwas für dein
Gedächtnis tun. Schließlich bist du zehn
Jahre jünger als ich, hast aber ein
Gedächtnis wie ein Sieb. In der
Apotheken-Umschau war kürzlich ein

interessanter Artikel. Man kann wirklich etwas gegen die Vergesslichkeit tun. Solltest du mal lesen. Ich leihe dir gerne diese Ausgabe. Du weißt, ich sammele die Apotheken-Umschau-Hefte. Aber weiter!

Also kam es zum Gerichtstermin. Der Richter wollte doch tatsächlich eine gütliche Einigung erzielen. Irgendjemand hatte ihm wohl falsche Zahlen aufgeschrieben. Der ging tatsächlich von drei fehlenden Mieten inklusive der Nebenkosten aus. Drei! Du hast richtig gehört. Dabei war die gute Frau zu dem Zeitpunkt schon mit zehn Mieten im Rückstand.

Diese Mieterin kann lügen. Sie hatte alle Register gezogen. Dem Richter von ihrem Brustkrebs erzählt, auch dass der Mann sie verlassen hat. Sie sei psychisch total fertig. Anschließend stellte sie mich dann so richtig als raffgierige

Vermieterin hin, als eine Frau ohne Mitleid und Rücksichtnahme.

Ich hatte meine Augen geschlossen und meine Yoga-Atmung gemacht. Du weißt: tief und gleichmäßig ein- und ausatmen. Dann sollte ich mich auch noch gegen diese Anschuldigungen rechtfertigen. Kannst du das verstehen? Der Richter hat ihr wirklich die ‚böse, raffgierige Vermieterin' geglaubt.

Mein Anwalt konnte mich nur mit Mühe zurückhalten. Am liebsten hätte ich das Weib erwürgt. Er hat dann dem Richter den wahren Sachverhalt geschildert. Bezahlen musste ich ihn und die Gerichtsverhandlung auch noch. Anschließend hatte diese Frau doch tatsächlich die Dreistigkeit, mich auf einen Kaffee in die Gerichtskantine einzuladen. Da war selbst mein Anwalt verdattert. Aber er hat schnell reagiert und handschriftlich eine Vereinbarung aufgesetzt. In der wurde die Frau

verpflichtet, die fehlenden Mieten un-
verzüglich zu zahlen. Diese Vereinbarung unterschrieb sie auch sofort. Ich
frage mich heute noch, warum mich das
nicht misstrauisch gemacht hat. Aber du
weißt: Die Hoffnung stirbt zuletzt.

Warum ich dir das alles erzähle? Na,
weil du ein löcheriges Gedächtnis hast.
Gezahlt hat die Mieterin nämlich nichts.
Ich habe die Frau angerufen und sie auf
die vereinbarten Zahlungen hinge-
wiesen. Und? Soll ich dir sagen, wie sie
reagiert hat? Gelacht hat sie. Du hörst
richtig. Gelacht. Und dann hat sie
gesagt: ‚Sie können machen was sie
wollen. Ich werde niemals ausziehen
und auch keine Miete zahlen.'
Da soll einem doch der Hörer aus der
Hand fallen. Das war einer der Mo-
mente, in denen ich sprachlos war, mich
setzen musste und du weißt schon, mich
mit Yoga-Atmung beruhigt habe.

Mein Anwalt hat dann bei Gericht die Räumungsklage beantragt. Er sagte mir gleich: ‚Es kann etwa ein Jahr dauern, bis das Gericht einen Termin ansetzt.' Also wirklich, bei diesen Aussichten muss doch jeder Mensch depressiv werden. Bevor ich depressiv geworden bin, habe ich dem Gericht einen Brief geschrieben. In dem stand: ‚Ich kann als arme Witwe diese Situation nicht mehr länger ertragen. Weil die Wohnung noch nicht bezahlt ist, muss ich in nächster Zeit meine private Insolvenz beantragen.'

Und siehe da: Plötzlich bekam ich ganz schnell einen Gerichtstermin und die Zwangsräumung wurde angesetzt.

Richtig, die war heute. Morgens um acht haben wir, das heißt die Männer der Spedition, die Gerichtsvollzieherin und ich, uns an der Wohnung getroffen. Ich hatte mir in der Nähe ein Appartement gemietet. Manchmal bin ich auch vorausschauend.

Die Mieterin öffnete die Tür, hatte jedoch noch nichts eingepackt. Wie auch? Sie hatte keine Umzugskisten besorgt. Die Männer der Spedition konnten aber zum Glück welche zur Verfügung stellen. Was heißt zum Glück? Wahrscheinlich sind sie so etwas gewohnt. Sie begannen einzupacken. Natürlich muss ich das alles bezahlen, inklusive Umzugskisten.

Die Gerichtsvollzieherin fragte nach der neuen Adresse, zu der die Möbel gebracht werden sollten. Ich habe mir sie auch gleich aufgeschrieben. Dann bin ich wieder zu meinem Appartement gefahren. Schließlich muss ich den Männern der Spedition nicht beim Kistenpacken zuschauen. Außerdem wollte ich mich vom Anblick der Wohnung erholen. Jede Menge leere Wein- und Schnapsflaschen lagerten im Schlafzimmer. Die Räume waren total verqualmt. Die Wände und Fensterrahmen hatten einen dezenten Braunton

angenommen. Der Ehemann der Mieterin ist LKW-Fahrer und war nicht zu
Hause.

Im Appartement angekommen, habe ich
mit dem Wohnungsverwalter telefoniert
und ihm von der Situation erzählt. Als
ich ihm die neue Adresse der Mieterin
nannte, war er verblüfft und sagte zu
mir: ‚Die Adresse kenne ich. Da wohnt
der Schwiegervater der Mieterin. Ich
kann mir beim besten Willen nicht
vorstellen, dass die Frau dort einzieht.
Die beiden sind sich spinnefeind. Seit
Jahren reden sie kein Wort miteinander.'

Du glaubst nicht, wie schnell ich die
Handynummer der Gerichtsvollzieherin
gewählt und sie über die neue Situation
informiert habe. Tja, die war auch einen
kleinen Moment lang sprachlos. Dann
hörte ich, wie sie sehr nachdrücklich
mit meiner Mieterin sprach und sie darauf aufmerksam machte, dass falsche
Angaben für sie Konsequenzen haben

würden. Da erst rückte die Mieterin mit der Adresse ihrer neuen Wohnung heraus.

Fällt dir dazu noch etwas ein? Mir nicht. Der Gerichtsvollzieherin hat sie dann noch erzählt, dass sie die neue Wohnung schon vor vier Wochen angemietet habe. Sie hat also nur auf die Zwangsräumung gewartet, um Umzugskosten zu sparen.

Diese Kaltschnäuzigkeit ist wirklich beispiellos. Du sagst ja gar nichts mehr. Jetzt verstehst du auch meine große Tasse Kräutertee. Und eines kann ich dir versichern: Meine Menschenfreundlichkeit hält sich derzeit sehr in Grenzen. Gleich mach' ich noch meine Yoga-Übungen. Vielleicht kann ich dann heute Nacht schlafen. Wahrscheinlich werde ich aber Albträume mit Gewaltphantasien haben. Nur mit dem Unterschied, dass ich mit Sicherheit nicht das Opfer sein werde.

Meine Liebe, ich wende mich jetzt meinem Kräutertee zu. Tschüss und bis bald.

Dieses Buch erscheint im Februar 2020 als eBook im Dortmunder Unkorekt-Verlag.
Weitere Bücher aus dem Unkorekt-Verlag:

Klaus W. Hoffmann
- Spielerfrauen (eBook)
- Startverzögerung (eBook)
- Am Tag, als ich Houdini traf (eBook)

Klaus Neuhaus
- Bremen sucht den Stadtmusikanten-Star (eBook)
- KAP, der Hausmeister und der Wolf Vostell (eBook)
- Der Spielzeug-Reformator und andere Gerechtigkeiten (Buch und eBook)
- Opa Günter und der DFB-Pokal (eBook)

www.unkorekt-verlag.de